Este livro foi publicado com um apoio
financeiro da SLOLIA, Centro Literário Eslovaco.

Slovenské
literárne
centrum

MAREK VADAS
NA CORRIDA

ILUSTRAÇÕES DANIELA OLEJNÍKOVÁ

TRADUÇÃO REGINA GUERRA

COMO APRENDI A CORRER

Meu cachorro é o cachorro mais inteligente do mundo. Seu nome é Alan e entende a língua humana. Faz tudo o que eu digo para ele fazer. Quando me olha, sei exatamente no que está pensando. Passo muito tempo com ele. Conheço cada uma de suas expressões e cada movimento de sua cauda. Está aprendendo a falar. Sempre me avisa quando algo acontece por perto. Também me ajuda com a matemática.

Uma vez, no caminho para a escola, encontrei um cachorro parecido com ele, só não tinha a mancha preta que Alan tem atrás da orelha. Cheguei perto dele. Queria apenas fazer carinho. Mostrou os dentes e pulou em cima de mim. Tropecei, e ele conseguiu morder meu tornozelo. Corri o mais rápido que pude, e ele atrás de mim. Ele me pegou novamente quando caí em uma vala. Depois consegui despistá-lo me escondendo atrás de arbustos e seu rosnado raivoso foi ficando distante. Para ter certeza, continuei correndo, embora a um ritmo muito mais lento. Só parei quando cheguei à nossa rua. Passei a mão no tornozelo e na parte de trás da perna. Doía. Meus dedos ficaram cobertos de sangue. Fui mancando até minha casa.

Meu pai limpou minha ferida e me disse que eu precisava ser um menino grande. Que eu tinha de aprender a correr. Se tivesse corrido mais rápido, nada teria me acontecido. As crianças têm de saber correr. Na época, eu não tinha ideia de como meu pai tinha razão. Suas palavras não saíram de minha cabeça.

Na manhã seguinte comecei meu treino. Minha perna ainda doía, mas eu colocava toda a energia na corrida. Corri de nossa casa até as hortas. Aí tive de parar para não pisar nos legumes. De qualquer forma, só conseguia correr até ali mesmo.

Comecei a correr todos os dias. Corria em volta da casa. Depois, passei a dar duas voltas na casa. Para terminar, corria até ao final de nossa rua e voltava. Mais tarde, corria até à floresta e, finalmente, corria dando uma volta no bairro inteiro. Alan sempre me acompanhava. No início eu ofegava e transpirava, mas me sentia bem comigo mesmo porque cada vez conseguia correr mais longe. A cada dia eu tentava ir mais além. Um mês depois, já conseguia correr várias voltas pelo bairro. A um certo ponto, parei de contar, só queria ser cada vez mais rápido. Algumas pessoas me olhavam sem entender, e uns meninos vizinhos riam de mim, mas eu não dava bola. Falava para mim mesmo: "Esperem até disputarem uma corrida comigo!" Com meu treinamento, nenhum menino da minha idade conseguiria me ultrapassar.

O tempo todo eu tinha em mente as palavras de meu pai, que a coisa mais importante para uma criança precisa é ser capaz de correr rápido.

PARTIU!

Um dia aconteceu algo muito estranho em nossa terra. Algumas pessoas foram acometidas por uma estranha doença. Estavam sempre com fome. A fome as dominava, apesar de haver comida suficiente — os campos produziam, as galinhas punham ovos e as vacas davam leite, como sempre foi. Era para estarem satisfeitas. Mas, de um momento para outro, essa comida já não era suficiente, precisavam de mais. Não conseguiam se saciar.

De manhã, por exemplo, uma pessoa com essa doença comia uma lata de carne com feijão, seguida de dez maçarocas de milho assado, mas logo depois estava com tanta fome como se tivesse acabado de acordar em jejum. Claro, sua comida acabava logo. Só ficava buscando mais coisas para comer, e sua fome crescente a deixava irritada. Ia a cada vizinho, pegava a comida deles e invadia as cozinhas e despensas das outras pessoas. Com medo de acabar mal, ninguém tentava detê-la.

Percebemos que havia cada vez mais pessoas assim em nossa cidade. Era impressionante como estavam ficando cada vez maiores. Algumas estavam tão grandes como hipopótamos ou elefantes e, quanto mais comiam, com mais fome ficavam. Não conseguiam pensar em mais nada a não ser na comida das outras pessoas e se tornavam cada vez mais perigosas a cada dia que passava. Uma vez, eu estava espiando por detrás de uma esquina e vi um enorme monstro na praça. Parecia

um hipopótamo, e era bem capaz de comer um desses bichos inteiro, mas como não havia hipopótamos nas redondezas, estava devorando um armazém inteiro.

Derramou vários sacos de cevada sobre ele mesmo — nem esperou preparar o mingau — comeu com três caixas de tomates e bebeu um barril de cerveja. Os vendedores tiveram de fugir para se salvarem. Parecia que o monstro também queria devorá-los.

Quando terminou de comer, lambeu os beiços e logo começou a procurar outra casa para invadir. O monstro estava tão cheio, quase estourando, e quando saiu em direção ao antigo mercado, foi exatamente o que aconteceu. Seu corpo explodiu em todas as direções. Os pedacinhos ganharam vida imediatamente. Pareciam recém-nascidos, mas tinham dentes e andavam como adultos. Logo se espalharam pelas ruas e comiam tudo o que encontravam pela frente. Cresciam rapidamente e logo tomaram conta de toda a cidade.

Uma manhã, fui acordado por um barulho estrondoso vindo do pátio. Três figuras gigantes corriam em direção à nossa casa. Era o momento de mostrar ao mundo como eu tinha aprendido a correr.

DA ALDEIA DOS CALADOS AO OUTRO LADO DO RIO

Corri como um raio. Meu pai e Alan mal conseguiam me acompanhar. Tive de parar várias vezes para que pudessem me alcançar. Sentia-me bem correndo e estava feliz por ter treinado tanto. Por vezes diminuíamos o passo, mas continuávamos correndo mesmo quando não ouvíamos ninguém nos seguindo. Havíamos percorrido uma grande distância e nenhum de nós tinha mais energia, mas meu pai falou que não podíamos parar, então passamos a ir mais devagar, caminhando, e foi dessa forma que descansamos. Alternávamos entre correr e caminhar até o anoitecer.

Ao pôr do sol paramos debaixo de uma goiabeira. Seria uma pena deixar todas aquelas goiabas caírem no chão e apodrecerem. Eu comi quatro ou cinco dessa fruta doce e suculenta. Meu pai também comeu, e colocou algumas em nossa bolsa para mais tarde. Só o Alan parecia não ligar para as goiabas. Quando está com fome, Alan consegue sempre encontrar algo para comer. Segundo meu pai, havíamos encontrado um lugar perfeito para dormir, então nos deitamos. Perguntei a ele quando voltaríamos para casa. Ele falou que, como já estávamos tão longe, deveríamos aproveitar a oportunidade e dar uma olhada nas redondezas. Afinal, não fazíamos ideia do que haveria do outro lado do rio que brilhava ao longe com os últimos raios do pôr-do-sol. Investigaríamos e, assim que voltássemos para a cidade, poderíamos contar a todo mundo o que havíamos visto.

Dormi bem até que um monstro apareceu no meu sonho, e fiquei feliz por ter despertado. De manhã, comemos mais uma vez goiabas e partimos em direção ao vale.

Ninguém nos seguia. Senti que estávamos em uma grande aventura, e mal podia esperar para descobrir o que encontraríamos naquele lugar desconhecido. Depois de algumas horas, chegamos ao rio, mas ali a correnteza ali era muito forte, então seguimos caminhando na margem. Chegamos a uma aldeia onde todo todo mundo era calado. Não se ouvia música na praça da aldeia, nos restaurantes e nem no mercado. Tudo estava silencioso e as pessoas tinham olhares sombrios. O único ser feliz por perto era meu cachorro que havia pegado um peixe e não cabia em si de alegria.

Nunca tinha estado em um lugar tão silencioso. Era como se todos tivessem ficado mudos. Ficavam de braços fechados, os pés fincados no chão, e não respondiam às perguntas de meu pai. Não nos sentimos à vontade lá, então decidimos que seria melhor pegar a balsa para o outro lado do rio.

Meu pai não tinha documentos de identidade com ele, por isso tivemos de pagar o dobro. O passeio de balsa foi incrível. Eu poderia ficar cruzando de um lado para o outro por dias. Mas, em um piscar de olhos, estávamos do outro lado, no outro mundo.

9

NA CIDADE DA DANÇA

10 Gostamos muito da primeira cidade do outro lado do rio. Levamos dois dias para chegar lá. As pessoas foram amigáveis e sorriam para a gente. Um dos vendedores do mercado nos convidou para sua casa e sua esposa nos deu comida. Ela fez umas panquecas e mingau e nos ofereceu todos os tipos de fruta. Depois trouxeram seus instrumentos musicais e nos mostraram como dançavam. Seus corpos se moviam em movimentos ondulantes, mas suas cabeças permaneciam quietas, a não ser os olhos, que os dançarinos reviravam de formas divertidas. Pouco a pouco, uma multidão de músicos se reuniu no pátio, trazendo tambores, trompas, apitos, balafons e chocalhos e tocando todas as músicas que conheciam. Por sua vez, meu pai cantou para eles uma música de nossa terra e eles a acharam muito divertida. Um dos músicos era o mágico local. Ele me perguntou se eu tinha um desejo que gostaria de ver realizado. O primeiro pensamento que passou pela minha cabeça foi que eu queria ser o atleta mais rápido do mundo, mas depois percebi que ninguém poderia me alcançar de qualquer forma e que tinha tudo o que precisava. Falei para ele guardar sua magia para outra pessoa. Eu não precisava de nada. Estava feliz ouvindo a música junto a meu pai e Alan.

Também nos ofereceram suas casas para passar a noite. Quando fomos dormir, meu pai e eu concordamos que gostaríamos de viver naquela cidade.

No dia seguinte, fomos convidados a visitar outra casa. Mas, no caminho, vimos pessoas assustadas correndo em direção à floresta. Gritavam para que as seguíssemos. Podíamos ouvir tiros e barulho de motores, e vimos fumaça subindo ao longe. Encontramos um lugar para nos escondermos bem a tempo. Pela brecha da cortina, vislumbrei pernas com botas altas, mas meu pai me puxou para fugirmos pela porta dos fundos, e aí corremos junto com os moradores. As crianças que tinham dançado conosco na noite anterior corriam atrás de mim. Eu desacelerei para que pudessem me acompanhar. Como me haviam ensinado a dançar tão bem, eu retribuí ensinando a elas como correr mais rápido. Mostrei-lhes como relaxar os braços e se inclinar para a frente. Expliquei qual o tamanho das passadas e como respirar para continuar correndo o maior tempo possível. Três passos, inspirar; três passos, expirar. Sem cerrar os punhos, isso desperdiça energia. Se corressem rápido o suficiente, nada de ruim aconteceria com elas.

Éramos umas dez pessoas correndo. Paramos na colina atrás da floresta e olhamos para trás. Havia várias casas pegando fogo e as ruas estavam desertas. Não era uma visão bonita. Ficou claro que eles não tinham um lugar para onde voltar, então corremos.

VISITANDO AS PESSOAS COM MUITOS BRAÇOS

Viajamos como animais na savana, como elefantes, zebras, antílopes ou gnus em busca de água e grama. Após uma semana, chegamos à cidade que era completamente diferente da Cidade da Dança de onde havíamos partido. Não só não tinha música, como também não achávamos nenhum lugar para comer. As pessoas que viviam lá não tinham intenção de compartilhar nada conosco, nem estavam dispostas a nos vender comida.

No centro da cidade havia um mercado com uma grande placa que dizia: "Mercado do Avarento". Conseguimos nos misturar com a multidão e começamos a olhar os produtos expostos. Havia todos os tipos de frutas — bananas, laranjas, abacates, mangas, abacaxi, mamão e muitas outras que eu não conhecia. Fiquei com água na boca e com vontade de comer tudo. Mas os vendedores viam que não éramos de lá e para nos vender um milho normal pediam tanto dinheiro que ficava impossível para nós pagarmos. Assim, decidimos seguir em frente e deixar aquela cidade maldita.

No caminho, entendi por que é que os habitantes locais me pareciam estranhos. Usavam roupas bonitas, vestes compridas e vestidos bem arrumados de todas as cores e joias caras no cabelo, no pescoço e nos pulsos. Mas alguns tinham um, dois ou até três braços a mais. Usavam um par de braços para proteger suas coisas dos

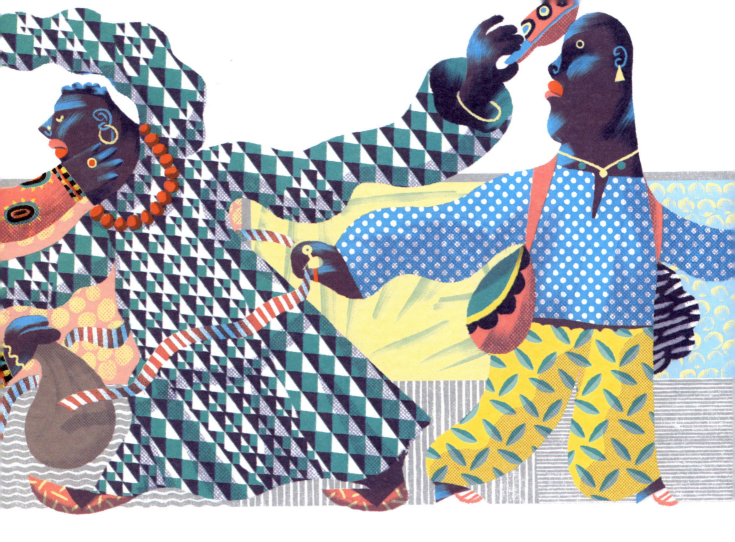

vizinhos ladrões e, com o resto dos braços, pegavam o máximo que podiam das mesas e dos bolsos desses mesmos vizinhos.

Vi mais de um par de pessoas ficarem presas com os braços entrelaçados quando tentavam roubar algo umas das outras. Ficavam todas emboladas, depois precisavam ser separadas por outras pessoas. Seguiam-se gritos, tapas e chicotadas nas cabeças uns dos outros com os braços.

Meu pai falou que não gostaria de viver num lugar como aquele e as pessoas da Cidade da Dança concordaram com ele. Decidimos continuar nosso caminho para o norte. Acreditávamos que seria melhor lá, além disso, se tivéssemos passado mais um dia no "Mercado do Avarento", teríamos ficado loucos!

ALAN TRAZ NOTÍCIAS

14 Não tínhamos mais nada para beber. Estávamos tão ressecados quanto folhas caídas, quando encontramos um poço. Ao lado da bomba estava um homem apoiado em um cajado. Ele falou que estava protegendo o poço de pessoas como nós. Só nos daria água se pagássemos. Quando falou o preço, nossos queixos caíram. Meu pai entregou ao homem todo o dinheiro que nos restava, abrindo mão não apenas das moedas, mas também de seu orgulho.
O homem puxou a alavanca três vezes e despejou água em um balde para nós. Mediu um copo por pessoa. Que gostoso estava! Enquanto bebia a água, senti a vida voltando ao meu corpo e consegui mover meus braços e pernas de novo. A água também refrescou as pessoas da Cidade da Dança e pudemos continuar nossa viagem.
    Algumas pessoas que estavam passando nos avisaram que a terra para onde estávamos indo não era segura e sugeriram que voltássemos atrás. Mas não tínhamos para onde voltar, então mandamos meu cachorro na frente para dar uma olhada na situação. Alan foi correndo e, enquanto isso, nos sentamos à sombra de algumas árvores. Ele voltou pouco antes do anoitecer e foi logo contando o que tinha visto. A terra do outro lado da fronteira não tinha leis como as nossas. Tudo era ao contrário e as pessoas tinham uma grande confusão na cabeça. Tinham criado suas próprias

regras que eram impossíveis de compreender e quem as quebrasse ficava sujeito a duras punições. Na verdade, a prisão era a mais branda dentre elas.

    Algumas pessoas não acreditaram em Alan porque o que ele estava falando parecia exagerado. Mas eu sabia que Alan não inventaria coisas e que eu podia confiar totalmente nele. Vivia com pessoas desde que havia nascido e passava mais tempo comigo e com meus vizinhos do que com outros cães. Até tinha aprendido nossa língua para que pudéssemos nos comunicar melhor.

    Não sabíamos o que fazer e conversamos sobre isso até tarde na noite. No final, os habitantes da Cidade da Dança decidiram não arriscar visitar uma terra tão estranha. Preferiram esperar alguns dias na fronteira. Eles queriam ficar perto de casa, porque quando o vento soprava ali, os galhos das árvores batiam ao ritmo familiar de suas músicas.

    De manhã, ensinei para eles como correr mais rápido para que não fossem pegos. Desejamos boa sorte uns aos outros, e meu pai, Alan e eu seguimos sozinhos.

SOBRE SONHOS, OU COMO MEU PAI E EU FICAMOS FILOSOFANDO

Estávamos em um ótimo lugar cheio de sol e pessoas felizes. Havia muita fruta por todo o lado e no ar pairava o cheiro de peixe assado e outras comidas que, em cada esquina, cozinheiras preparavam. Havia meninos rindo e brincando de pega-pega na rua, então fui brincar com eles. Tive de fingir e correr um pouco mais devagar, porque com meu treinamento eles nunca teriam me pegado e, assim, não poderíamos nos revezar. Meu pai estava em um restaurante, de olho em mim e conversando com as pessoas em seu redor.

Falei para mim mesmo que poderia ficar ali para sempre. Então senti algo me cutucando. Era meu pai que me acordava. Tudo tinha sido um sonho e, em vez de estar correndo com outras crianças, eu estava dormindo na floresta. Quando acordei, me senti cansado e com fome. Contei meu sonho para meu pai e Alan. Meu pai falou que, certamente, um dia chegaríamos a uma cidade assim. Isso me animou e, rapidamente, me preparei para a próxima etapa de nossa viagem.

Estava quente e úmido. O sol havia se escondido por trás das copas das árvores, mas havia sombra, aliás a única coisa que as árvores conseguiam nos dar. Seus ramos não produziam nada para comer.

Quando pensávamos que havíamos esgotado todas as nossas forças, a paisagem se abriu e, ao longe, avistei os contornos de uma cidade.

Parecia a cidade com a qual eu tinha sonhado. Saí correndo. Meu pai ficou para trás. No entanto, por mais rápido que eu corresse a cidade não ficava mais próxima. Fiquei desesperado. Parei e fiquei observando os contornos daqueles edifícios que me eram familiares e ao redor dos quais tinha corrido com as outras crianças, brincando de pega-pega, em meu sonho.

Quando meu pai me alcançou, contou que não havia nenhuma cidade à nossa frente. Era só imaginação minha. Que eu tinha de aceitar isso. À medida que ele ia falando, as ruas começaram a se evaporar, os edifícios desapareceram e a cidade foi diminuindo, até sumir completamente. Isso me deixou bem triste. Meu pai tentou me animar, mas também me disse que eu não deveria alimentar ilusões. Que tinha de ser forte e aprender a viver na realidade. Juntos, a gente conseguiria. Eu não concordava com ele. Eu teria preferido viver em meu sonho. Alan também falou que, se pudesse escolher, preferia viver em minha imaginação, onde há um monte de peixe assado.

Assim, por um tempo, meu pai e eu ficamos sem conversar, cada um em sua própria realidade.

A SÓS COM ALAN

Depois de um tempo, meu pai acabou me falando que não era bem assim o que havia dito sobre a gente ter que encarar a realidade e que, às vezes, ele pensava em minha mãe, que há muito tempo não está mais conosco, e isso lhe dava forças e o ajudava nos piores momentos. Também eu poderia lembrar dos meus amigos quando precisasse de ajuda e me divertir com eles como se estivessem nos acompanhando. Isso me animaria. Eu não sabia se ele estava falando sério ou se dizia isso apenas para fazer eu me sentir melhor. Por fim, achei que meu pai tinha razão, porque a viagem seria muito mais agradável com os amigos.

Chegamos a uma cidade de gente comum, como eu e meu pai. Tinham muito pouca comida, mas a compartilharam de boa vontade e, quando ficamos satisfeitos, conversamos sobre o mundo e sobre como se vive em outros lugares. Falamos dos avarentos com muitos braços, da cidade onde ninguém falava e de tudo o que tínhamos passado. Aquelas pessoas só ficavam de olhos arregalados, sem conseguirem entender como aquilo seria possível. Meu pai lhes descreveu em detalhe como algumas pessoas em nossa cidade mudaram de repente, deixando de ser elas mesmas, e como tivemos que fugir delas, apesar de antes nos darmos bem. Meu pai contou isso muito melhor do que eu contaria, mas ainda assim não conseguia entender por que essas coisas haviam acontecido. Segundo meu pai, foi uma doença que deu lá.

Enquanto estávamos assim entretidos, de repente notamos que as nuvens se acumulando sobre a cidade.

Quase escureceu por completo, ainda que fosse pouco depois do meio-dia. Depois descobrimos que não era uma tempestade que ameaçava cair sobre nós, mas sim uma sombra de tristeza que havia coberto toda aquela terra. As pessoas também se tornaram sombrias. Para mim e meu pai, logo ficou claro que não tínhamos fugido para longe o suficiente e que, até ali, chegavam os tentáculos da desgraça.

Em alguns minutos toda a cidade se transformou em caos. Todo mundo corria sem saber para onde. Ouviu-se um barulho e me perdi no meio da multidão. Alan e eu corremos o mais rápido que pudemos para fugir da desgraça. No meu íntimo, agradeci ao cachorro estranho que um dia havia me atacado, graças ao qual eu tinha aprendido a correr tão bem. Foi então que percebi que não estava vendo mais meu pai. Queria voltar, mas não nos deixavam voltar para trás. Falei para mim mesmo que o esperaria na beirada da cidade, fechei os olhos e corri. Quando voltei a abrir os olhos, estava no alto de uma colina. Atrevi-me a olhar para trás, mas só conseguia ver fumaça no vale. A desgraça havia chegado à cidade.

Fiquei sozinho com Alan. Tentei não pensar nisso. Preferia me lembrar de coisas mais agradáveis. No entanto, cada coisa bonita de que me lembrava estava, de

alguma forma, relacionada com meu pai ou com o lugar onde, até há pouco tempo, eu vivia. Por isso não me senti melhor.

Fiquei pensando se deveria esperar por meu pai ou seguir em frente e procurá-lo. Tentei imaginar o que ele faria. Como não sabia o que fazer, Alan e eu decidimos ficar ali por um dia. Esperamos por toda a tarde e por toda a noite. De manhã, o barulho nos acordou. Era como se, ao longe, casas estivessem sendo demolidas. Pegamos nossas coisas e partimos. Eu estava convencido de que encontraríamos meu pai a qualquer momento ou de que ele teria nos deixado uma mensagem em algum lugar. Afinal, ele e eu somos como um só.

JUNTOS SOMOS MAIS FORTES

Eu era o refugiado mais rápido de todo o mundo. Corria pela Terra buscando meu pai e buscando um lugar onde houvesse paz. Porém não encontrei nenhum lugar assim, mesmo depois de muitos dias. Devo ter viajado por metade do globo terrestre. Decidi que não pararia, mesmo que tivesse de correr o mundo inteiro. Não pararia até encontrar um lugar como aquele onde tinha crescido. Só descansaria quando chegasse lá. Esperaria por meu pai, e depois a gente veria o que fazer.

Cheguei a uma floresta mais densa. Durante muitos quilômetros nem sinal de pessoas. Lembrei-me da conversa com meu pai e pensei em todos os meninos que já foram meus amigos. Caminhavam ao meu lado. Juntos buscávamos comida e ficávamos atentos ao perigo. Juntos, éramos mais fortes e eu tinha muito menos medo. Meu pai também apareceu brevemente na minha imaginação. Estava feliz por ver que eu sabia me cuidar.

Tornei-me amigo de animais e afastava os espíritos que, principalmente à noite, faziam barulho no mato fechado.

22 Finalmente, deixamos a floresta para trás. Nem eu nem Alan sabíamos o que pensar do novo lugar. Chegamos completamente exaustos e perguntamos onde estávamos ao primeiro morador que vimos. O homem nos olhou desconfiado, nos virou as costas e depois nos deu uma resposta.

"O quê?", eu disse, porque não tinha entendido nada do que ele tinha falado. O nativo, ainda de costas voltadas para nós, repetiu a frase e foi embora.

Depois de passarmos ali um pouco mais de tempo, descobrimos que os habitantes locais também falavam de forma parecida uns com os outros. Nunca se olhavam nos olhos durante uma conversa. Falavam baixinho e rápido e olhavam o tempo todo para o céu ou se não com a cabeça inclinada para baixo, como se estivessem contando formigas no chão. Mesmo nos bares, a maior parte do tempo, sentavam-se de costas uns para os outros. Acabamos por descobrir que estávamos na Cidade das Desculpas. Os habitantes tinham medo de estranhos, bem como de seus vizinhos, e até de si mesmos. Inventavam desculpas dizendo que não resolviam um assunto por isso e por aquilo, ou que algo não era possível por esta ou aquela razão. Era por isso que não se olhavam nos olhos quando falavam. Não queriam que ninguém descobrisse no que realmente estavam pensando. Temiam que alguém descobrisse que o que eles sentiam era medo.

Queríamos encontrar um lugar para ficar e talvez algum trabalho, porque nessa cidade não tinha casas explodindo como em muitos dos outros lugares que havíamos visitado. Mas tudo o que conseguimos foram desculpas. "Não é possível. Gostaria de ajudar, mas... Tenho essas ordens."

Aquelas pessoas se sentiam desconfortáveis ao darem desculpas esfarrapadas. Era como se estivessem enfeitiçadas e prefeririam mesmo não falar com ninguém. Só queriam que as deixassem em paz.

À beira da estrada havia uma laranjeira com laranjas caídas. Perguntamos se podíamos pegar algumas do chão. O homem sentado debaixo da árvore nos virou as costas e, por cima do ombro, nos falou que provavelmente não seria possível. "Certamente é proibido."

O Alan e eu olhamos um para o outro e, sem dizer uma palavra, decidimos tentar a sorte em outro lugar. Não teríamos ficado lá, mesmo se estivessem dispostos a nos aceitar. Nem sequer tínhamos um local para deixar uma mensagem para meu pai. Sabíamos que todos nos teriam dado a mesma resposta: "Não é possível".

NA CIDADE CHEIA DE INIMIGOS

Tínhamos percorrido tantos quilômetros que gastei completamente minhas sandálias. Se tivéssemos continuado, provavelmente teria gastado meus pés também, e talvez minhas pernas até os joelhos. Por isso, ficamos contentes quando nos encontramos fora da floresta e vimos um bairro com casas normais.

Aqui não havia pátios abertos ou quintais como tínhamos em casa. Todos os portões estavam trancados. De perto, as casas pareciam fortalezas. Tivemos de bater à porta para perguntar se meu pai nos havia deixado uma mensagem. Quando a porta se abriu, fomos primeiro recebidos pelos canos de uma arma e só depois pelo rosto de um homem barbudo com uma expressão aterrorizada. Ele nunca tinha ouvido falar de meu pai. E nem queria. Falei para ele baixar a arma e que não estávamos ali para lhe fazer mal. Ele não acreditou em mim, então Alan lhe disse a mesma coisa. Mas o homem continuou nos apontando a arma, dizendo que queria ter a certeza. "Nunca se sabe", falou. Nos disse para irmos perguntar na prefeitura da cidade, mas acima de tudo, queria que fôssemos embora de sua propriedade.

E assim nos dirigimos à prefeitura. Não ouvimos risos naquela cidade. Havia um silêncio gélido por toda parte, parecido ao da aldeia dos pescadores. As pessoas andavam com armas penduradas no ombro: espingardas, arcos, espadas etc. Não ouvimos um único tiro e, tirando Alan e eu, não havia estranhos por ali, mas todos

tinham medo. Era como se estivessem à espera de que, a qualquer momento, chegasse uma ordem da rádio local. As crianças também não brincavam com bolinhas de gude ou outras brincadeiras, somente ficavam ali rigidamente sentadas com seus estilingues apontados uns aos outros.

Finalmente, encontramos a prefeitura e perguntamos se tinha uma mensagem de meu pai. O funcionário superior estava vestido com uma armadura dos pés ao pescoço, com um capacete enferrujado na cabeça. Acusou-nos de espionagem e disse que lugar de espião é na cadeia.

A coisa ficou feia. Durante todo o tempo em que estivemos sentados em uma sala escura, de vez em quando um olho grande piscando nos observava através de um pequeno orifício na porta. Quando estávamos nos acomodando em nossa cela, um trio de ratazanas locais veio nos visitar e perguntaram se tínhamos algo de bom para comer. Alan lhes disse que teríamos muito gosto em compartilhar, mas já nem nos lembrávamos da última vez que tínhamos comido. Assim, as ratazanas voltaram para casa, e mais tarde, nos trouxeram algumas maçãs.

Todos os dias eu era levado para declarar o que estava buscando na cidade e repetia a mesma resposta. Passado uma semana, de noite, as ratazanas voltaram a aparecer e nos falaram para irmos com elas. No chão tinham escavado uma passagem

que nos levaria para a liberdade. Tentei entrar no buraco, mas era estreito demais.
Quando já estava desistindo, Alan me falou que se eu me sentisse uma ratazana, caberia no túnel. Tinha razão. Senti-me exatamente assim e, em pouco tempo, emergimos do chão na periferia da cidade. Podíamos continuar a busca.

CORRER OU VOAR?

Paramos junto a um rio para pegar peixes. A água estava lamacenta e agitada depois da chuva, então a pesca não correu bem. De repente, um bando de pássaros muito pequenos saiu debaixo de uma ponte. Eram tantos que quase cobriam o sol. Observei como formavam figuras no céu enquanto se afastavam lentamente.

Alan falou que aquelas eram andorinhas migrando para o norte. A segunda casa delas era lá.

Pensei nisso durante muito tempo e tive pena de não ser uma andorinha. Teria aberto minhas asas e voado para onde tivesse vontade. Ninguém poderia me deter em minha viagem. Do alto, poderia observar o que estava acontecendo embaixo e escolher um local agradável e seguro, onde nada fosse uma ameaça.

"Você gostaria de ser um pássaro?", perguntei a Alan. Ele torceu o focinho para essa ideia. Era um cachorro. Gostava de ser cachorro. Mas, depois de um instante de silêncio, acrescentou que naquele momento gostaria de ter umas asas emprestadas.

Observamos as andorinhas e, quando sumiram atrás do horizonte, voltamos à pesca. Naquela noite, Alan pegou uma tilápia e lhe dei os parabéns.

NO REINO DO CARIMBÃO

Chegamos a uma verdadeira metrópole. As ruas estavam cheias de carros rápidos e atravessá-las era bem complicado. Havia também um monte de pessoas, mas ninguém prestava atenção em mim. Algumas pessoas, no lugar da cabeça, tinham carimbos redondos. Sempre que eu abordava alguém, a pessoa logo queria ver meus certificados, cópias autenticadas em cartório, pareceres, editais, e sei lá que mais.

Eu não entendia o que queriam de mim. Estava completamente confuso. Por fim, fui à delegacia. Era feita de resmas de papel de um quilômetro de altura. No topo de cada resma, tinha um funcionário sentado para que o vento não fizesse voar nenhuma folha. O delegado da polícia estava entronado no meio, por detrás de uma máquina de escrever grande como um navio. Apertava as teclas só com um dedo, transcrevendo letras de uma folha de papel para outra. Em seguida, carimbava cada folha várias vezes e limpava a testa com um lenço de seda. Parecia cansado. Perguntou o que eu estava fazendo ali. Respondi da melhor forma que sabia. Estava procurando meu pai.

Devia mostrar para ele meus documentos, mas nunca na vida tinham me dado algum. Sem nada para conferir, o delegado de polícia, em suas próprias palavras, ficou até desequilibrado. "Uma pessoa que não tem documentos não existe!", disse,

ainda totalmente tonto. Quando finalmente conseguiu recuperar o equilíbrio, falou que eu tinha duas opções: ir para a prisão ou correr de volta para onde tinha vindo. Não tinha vontade de ir para a prisão, porque logo imaginei como seria uma prisão naquele lugar. Nossa experiência recente na prisão ainda estava fresca em minha memória. Tivemos de sair do reino dos carimbos, porque não tínhamos um papel para ser carimbado.

Tudo bem, vamos então voltar para onde viemos, apesar de isso não fazer muito sentido para mim. Começamos a correr. Só que eu não conseguia me lembrar mais do caminho de volta e nesse dia nos perdemos. Eu não sabia que caminho seguir e tinha medo de voltar aos lugares onde nos tinham botado para correr.

NA CIDADE ONDE SÓ SE PENSA DEPOIS

A nova cidade parecia estranha, porque tinha uma rua muito bem cuidada e outra que era um autêntico buraco. No meio da praça havia uma estátua que não significava nada.

Viviam ali pessoas boas, mas era difícil entendê-las. Sempre faziam a primeira coisa que lhes vinha à cabeça. Muitas vezes, eram coisas completamente estúpidas. De acordo com suas tradições, sempre agiam primeiro e pensavam depois. Não demorei muito para me acostumar e me divertia assistindo a todos os mal-entendidos, porque eu sabia que, independentemente do que acontecesse, o culpado nunca fazia de propósito. Por exemplo, primeiro construíam algo e só depois elaboravam os projetos para o que já tinham construído. Inventavam melhorias e só depois pensavam no que poderia ser melhorado com elas. Davam grandes festas e só no dia seguinte inventavam o motivo.

Não tinham visto meu pai, mas ditei uma mensagem para ele e a deixei com o rei daquele povo. Esse rei nos deu de comer, ainda que só nos tenha servido mingau. Queixou-se de que não tinham muito o que comer, porque haviam se esquecido de plantar e, após as chuvas, já era tarde demais para semear. "Ah, o que se há de fazer...", disse enquanto encolhia os ombros, "sempre foi assim, sempre assim será."

Pouco tempo antes, tinham recebido um aviso para saírem da cidade porque haveria um perigo os ameaçando. Mas não conseguiram chegar a acordo sobre seguir o aviso ou não e, então, ficaram. Alguns dias antes, o caos havia se instalado na cidade. Tudo nas pessoas ficou ao contrário. Um dia andavam de cabeça para baixo, no seguinte, ficavam pulando de costas. Destruíam coisas e faziam bagunça.

Eu corria pelas ruas, mas as pessoas não prestavam atenção porque estavam habituadas a pequenas desordens. O caos andava pela cidade com raiva, criando bagunça e confusão. Vagueou pela praça por um tempo, mas quando a desgraça não o acompanhou, preferiu ir embora. O povo da cidade tinham dado sorte.

"Quem sabe o que acontecerá no futuro. Deveríamos debater sobre isso", disse o rei acenando a cabeça, quando nos despedimos. Eu tinha que continuar correndo.

QUEM EU GOSTO ESTÁ COMIGO

Lembrei do dia em que o mágico me perguntou que desejo eu gostaria de ver realizado. Naquela época, eu não precisava de nada. Como as coisas mudam rápido! O que eu mais queria agora era voltar a ver meu pai.

Nunca na vida tinha me sentido tão sozinho, estava cansado e nem correr era mais divertido. Não fazia sentido. Não tinha nem sinal de meu pai e parecia não existir um único lugar em paz na terra. O mundo inteiro parecia de pernas para o ar. Preferia desistir e não ir mais a lugar nenhum.

Alan e eu estávamos sentados em um vale rodeado por colinas, e tínhamos que subir à mais alta delas. Alan se deitou calmamente, abanando sua cauda de vez em quando. Foi aí que, ao lado dele, vi nosso pátio. Também estavam ali outros cachorros, nossa cabra e nossas galinhas. Meu pai saiu de casa, seguido de uma mulher. Eu a reconheci: tinha de ser minha mãe. Alan estava sonhando com nossa casa e eu tinha sido puxado para sua imaginação. Ele era um ano mais velho do que eu e tinha conhecido minha mãe. Então era assim que ela se parecia! Era linda.

Quando Alan acordou bruscamente de seu sonho, a imagem de minha mãe desapareceu e eu fiquei olhando ao redor aterrorizado tentando encontrá-la de novo. Alan me consolou: "Se você gostar de verdade de uma pessoa, nunca vai perdê-la. Ela estará sempre com você."

Então entendi que lá na floresta não tinha sido só imaginação minha quando meus amigos apareceram ao meu lado e me ajudaram.

Da próxima vez que encontrar monstros sem coração, pessoas com carimbo no lugar da cabeça ou vendedores com muitos braços, não terei mais medo. Nunca mais estarei sozinho. Todas as pessoas de quem gosto estarão comigo.

NA TERRA DE NÃO ESTOU NEM AÍ

Aqui ninguém nos botava para correr. Cada um cuidava de sua vida e não prestava atenção em mais nada. Um homem fazia panquecas, outro estava lendo o jornal debaixo de uma árvore e, na loja, o vendedor também lia seu jornal. Nem sequer respondeu à nossa saudação. Lá na nossa terra, se tivesse alguém fazendo panquecas, me daria um pouco para prová-las e me perguntaria como eu estava. Mas aquele homem agia como se não estivéssemos ali diante dele. Até o vendedor ficava calado, porque não queria se distrair. Nenhum dos dois tinha orelhas. No lugar das orelhas só tinham uma pele nua, lisa como um ovo. Eu falei "olá" e disse que estava procurando meu pai, mas o vendedor não se mexeu. Alan cutucou o jornal dele com o focinho, mas ele apenas inclinou a cabeça para poder ler as letras no papel amassado.

Só umas horas depois encontramos um cachorro vadio, com o qual Alan ficou conversando. O cachorro falou que não havia quem aguentasse os habitantes daquele lugar. Comportavam-se como se não houvesse mais ninguém no mundo a não ser eles mesmos e não faziam nada além de ler o jornal o dia inteiro. Por outro lado, o cachorro ficava feliz de poder roubar ali, de vez em quando, algo para comer. De fato, ninguém prestava atenção em ninguém, e mesmo que alguém notasse o cachorro tirando um osso do prato de outra pessoa, não iria dedurá-lo, por não ser da sua conta.

Na verdade, eu não tinha vontade de roubar osso do prato de ninguém.

Depois o cachorro me garantiu que meu pai não tinha passado por aqueles lados. Ficou chateado por não termos ido ao mercado com ele para roubar alguns ossos. Despedimo-nos falando que preferíamos colher alguma fruta ao longo da estrada ou pegar peixe no riacho.

Nos indicou um caminho pela margem do rio. Se fôssemos por ali durante um dia ou dois, encontraríamos um campo de refugiados. Lá moravam pessoas como eu. Fomos correndo.

COM O MENINO QUE NÃO SABIA IR EMBORA

A aldeia seguinte aonde fomos parar já estava em ruínas. Não viviam pessoas ali, nem animais, e não tinha nenhuma planta crescendo. Pelas ruas, somente um menino andava sem rumo. Ele nos disse que já estava morto. O resto das pessoas das casas à volta tinham ido embora ou já estavam no céu, mas ele não quis ir embora e lhes falou que mais tarde as alcançaria. Ainda queria ver alguns lugares para guardar uma boa imagem na cabeça e, assim, poder se lembrar deles no outro mundo.

Parecia um menino normal, só que muito mais pálido e que não deixava pegadas no chão quando caminhava.

Contou-nos os últimos dias de sua aldeia. Um dia, cedo pela manhã, sem aviso, chegaram uns monstros. Não conseguiu descrevê-los muito bem, mas se lembrava de uma coisa: não tinham coração. No lugar onde deveriam ter o coração, no meio do peito, tinham um buraco. Por isso não sentiam nada, enquanto devastavam a aldeia.

O menino queria mesmo brincar com alguém antes de partir. Nisso eu podia ajudá-lo e ele ficou feliz. Sugeri que jogássemos pega-pega, mas logo fiquei envergonhado, porque eu tinha escolhido um jogo sabendo que ganharia. Mas quando se joga não se deve trapacear, por isso continuei ganhando. Após uma pequena pausa, o menino falou para brincarmos de esconde-esconde. Agora ele tinha van-

tagem porque conhecia bem a área e podia se esconder em lugares onde eu nunca suspeitaria. Assim ficamos quites.

Depois tive de continuar em frente, porque o campo de refugiados não deveria estar longe e eu queria estar com meu pai o mais rápido possível.

Eu quis que o menino fosse comigo, mas ele recusou, agradecendo. Estava feliz por ter tido alguém com quem brincar uma última vez. Já não precisava de mais nada.

Despedimo-nos e eu esperava mesmo que estivesse começando a última etapa da minha viagem.

NO CAMPO DE REFUGIADOS

A viagem até ao campo de refugiados demorou muito mais do eu que pensava. Nunca tinha visto tantas pessoas em um só lugar. Tinham vindo de todas as partes e todas tinham feito uma viagem parecida com a minha. Viviam em grandes tendas alinhadas em ruas sem fim. Só o que eles tinham para fazer era esperar pela paz, por seus familiares e por boas notícias.

As pessoas de lá me levaram para ver alguns funcionários que anotaram meu nome e me deram água, comida e remédios, apesar de não estar me sentindo doente.

Mas meu pai não estava na lista deles. Sabia que ele tinha de estar ali em algum lugar e que eu tinha de encontrá-lo o mais rápido possível, para que não se preocupasse comigo. Passei muitos dias perguntando por ele em todas as ruas. Ao mesmo tempo, ia recuperando minhas forças. Todas as manhãs ia ao escritório para perguntar, mas nunca tinha novidades.

Três vezes por dia, subia na cerca para ver se conseguiria avistar meu pai ou um mensageiro trazendo boas notícias. Como se pareceria um mensageiro assim?

Perguntei a Alan se era melhor esperar por meu pai ou ir procurá-lo em outro lugar. Ele poderia não saber do campo de refugiados e estar me procurando a um dia de corrida dali. E, quem sabe, talvez estivesse ainda mais perto, talvez bastasse correr algumas horas ou mesmo alguns minutos e estaríamos juntos de novo. Alan

considerava dever de um cachorro continuar a procurar, afinal era para isso que tinha um faro, mas também me relembrou os conselhos que nos deram as pessoas do campo de refugiados. Na opinião delas, era melhor ficar e esperar, pois certamente meu pai ficaria sabendo do campo de refugiados e viria até aqui. No final, Alan me falou que eu devia tomar minha própria decisão, porque depois das coisas que ele tinha visto em nossa viagem, tinha deixado de entender os humanos.

Foi então que uma febre resolveu meu dilema.

TENHO UMA IRMÃ!

De manhã, quis ir ao escritório para ver se havia novidades. Levantei-me, mas tive de me deitar novamente. Sentia-me fraco e meu corpo doía como se todos os quilômetros que tinha corrido tivessem me atingido de uma só vez. Fechei os olhos e o mundo começou a girar.

Quando voltei a acordar, olhei para cima e vi uma mulher. Ela falou que era freira e enfermeira. Falou que era a irmã Maria e que cuidaria de mim. Eu não sabia o que era uma freira ou enfermeira, mas fiquei sabendo que afinal tinha uma irmã!

Ela usava um uniforme azul-claro, uma cor que me lembrava o céu depois de uma tempestade. Gerenciava os medicamentos e cuidava dos doentes. Sempre que tinha um momento livre, vinha me ver e conversar comigo. Apesar de ser minha irmã, ela não conhecia meu pai. Pediu-me para lhe falar sobre ele, o que eu logo fiz, bem contente. Terminei dizendo: "você vai ver, vai gostar dele!". Depois me pediu para fechar os olhos e eu os fechei. Eu não queria que meu pai me encontrasse com febre. Se eu dormisse, iria me curar.

Uma vez, quando já estava me sentindo um pouco melhor, eu a vi preparando injeções e comprimidos. Ela me falou que tinham remédios para todas as doenças. Que notícia fantástica! Isso significava que, se levássemos o remédio certo para a

nossa terra, poderíamos curar a raiva e a ganância. As pessoas ficariam curadas e ninguém mais teria medo. Poderíamos voltar para nossa casa e tudo voltaria ao normal.

Descrevi a doença para minha irmã e ela prometeu que, assim que eu estivesse totalmente curado, falaríamos sobre isso detalhadamente.

Depois fiquei com frio, me meti debaixo do cobertor e puxei Alan para mim de forma a me esquentar. Dormindo, Alan continuou latindo e movendo as patas como se estivesse correndo em seus sonhos. Depois eu adormeci também e corremos juntos.

A VOLTA AO MUNDO

Um dia, no meio da noite, acordei e senti que tinha novamente todas as minhas forças. Na verdade, tinha mais forças do que antes! No céu, brilhavam milhões de estrelas, de forma tão intensa quanto as luzes dos estádios. A terra inteira estava iluminada como que em festa. Saí pelo portão. Senti que a natureza tinha se acalmado. Caminhava com Alan em silêncio total, me alegrando com as cores vivas das árvores e do chão. Não sabia explicar, mas tinha a certeza de que em breve encontraria meu pai, que já estava por perto.

Depois comecei a correr. Nunca tinha corrido a uma velocidade tão rápida. Sentia que quase nem tocava a grama com as pontas dos dedos dos pés. O chão desapareceu debaixo de mim. Subia cada vez mais alto, as coisas foram ficando menores e as pessoas pareciam formigas. Observei as serras, rios, mares, trilhas nas florestas e desfiladeiros.

Vi filas de pessoas, caminhando por estradas de asfalto, estradas de terra batida, ao longo de rios e cruzando serras. Algumas pessoas levavam carrinhos cheios de coisas, outras viajavam leves, com uma pequena bolsa sobre o ombro, como eu. Estavam indo para campos de refugiados com tendas, iguais àquele onde eu tinha ficado, e para outros muito maiores, que pareciam cidades enormes. Havia campos de refugiados em todos os continentes.

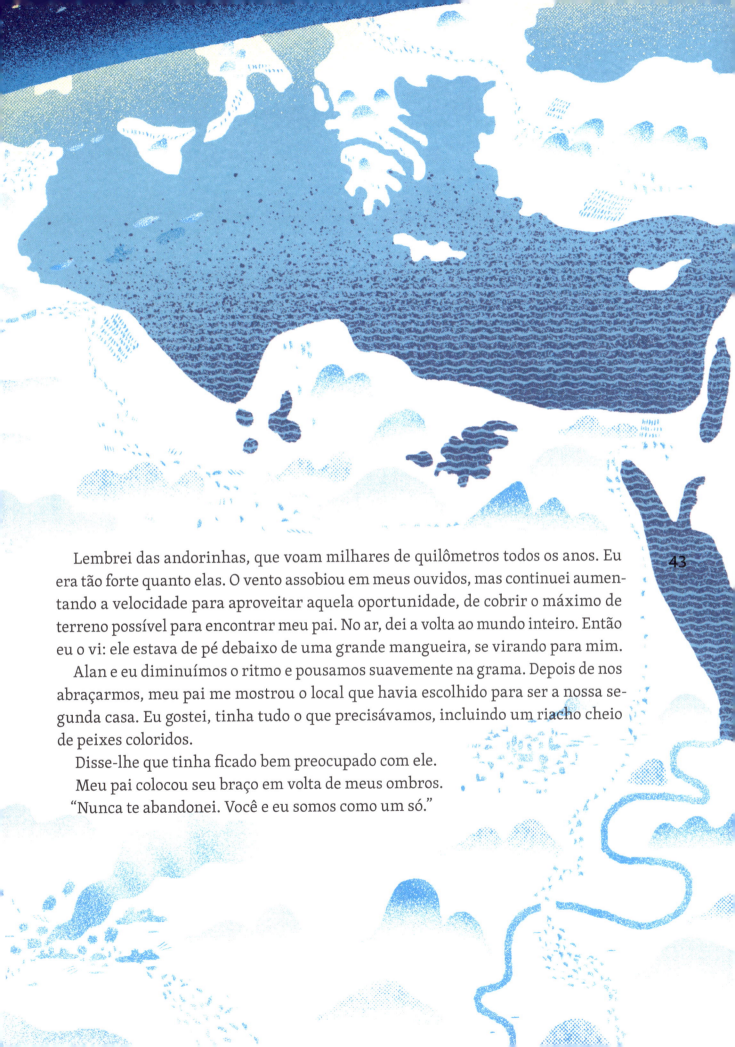

Lembrei das andorinhas, que voam milhares de quilômetros todos os anos. Eu era tão forte quanto elas. O vento assobiou em meus ouvidos, mas continuei aumentando a velocidade para aproveitar aquela oportunidade, de cobrir o máximo de terreno possível para encontrar meu pai. No ar, dei a volta ao mundo inteiro. Então eu o vi: ele estava de pé debaixo de uma grande mangueira, se virando para mim.

Alan e eu diminuímos o ritmo e pousamos suavemente na grama. Depois de nos abraçarmos, meu pai me mostrou o local que havia escolhido para ser a nossa segunda casa. Eu gostei, tinha tudo o que precisávamos, incluindo um riacho cheio de peixes coloridos.

Disse-lhe que tinha ficado bem preocupado com ele.

Meu pai colocou seu braço em volta de meus ombros.

"Nunca te abandonei. Você e eu somos como um só."

COMO APRENDI A CORRER 4

PARTIU! 6

DA ALDEIA DOS CALADOS AO OUTRO LADO DO RIO 8

NA CIDADE DA DANÇA 10

VISITANDO AS PESSOAS COM MUITOS BRAÇOS 12

ALAN TRAZ NOTÍCIAS 14

SOBRE SONHOS, OU COMO MEU PAI E

      EU FICAMOS FILOSOFANDO 16

A SÓS COM ALAN 18

JUNTOS SOMOS MAIS FORTES 21

VISITANDO A CIDADE DAS DESCULPAS 22

NA CIDADE CHEIA DE INIMIGOS 24

NO REINO DO CARIMBÃO 28

NA CIDADE ONDE SÓ SE PENSA DEPOIS 30

QUEM EU GOSTO ESTÁ COMIGO 32

NA TERRA DE NÃO ESTOU NEM AÍ 34

COM O MENINO QUE NÃO SABIA IR EMBORA 36

NO CAMPO DE REFUGIADOS 38

TENHO UMA IRMÃ! 40

A VOLTA AO MUNDO 42

MAREK VADAS

Romancista, nasceu a 28 de maio de 1971, em Košice, na Eslováquia. Estudou Estética e Língua e Literatura Eslovacas no Departamento de Filosofia da Universidade Comenius de Bratislava. Trabalhou em publicidade e atualmente trabalha no Centro de Informação sobre Literatura. Faz cinoterapia (terapia assistida por cachorros). Realizou doze longas viagens à África central e ocidental: Camarões, Chade, Gabão e Nigéria. É conselheiro do rei de Nyenjei, de Camarões. Em 1994, ganhou o Prêmio Literárneho Fondu com sua obra *Malý róman* ("Pequeno romance"); em 2004 ganhou o Prêmio Bibiana, atribuído ao melhor livro infantil do ano, com *Rozprávky z čiernej Afriky* ("Contos da África Negra") e, em 2007, ganhou o mais reconhecido prêmio literário da Eslováquia, o Anasoft Litera, pela sua coletânea de contos *Liečitel* ("O Curador").

DANIELA OLEJNÍKOVÁ

Ilustradora, nasceu a 17 de agosto de 1986, em Bratislava, capital da Eslováquia. Estudou Artes Gráficas na *Vysoká Škola Výtvarných Umení*. Passa a maior parte do tempo trabalhando com ilustração digital, mas também gosta de usar diferentes técnicas, como linogravura, aquarela e óleo. llustrou *In Watermelon Sugar* de Richard Brautigan, a coleção de poesias *Vie, čo urobí* de Katarína Kucbelová, *Le città invisibili* de Italo Calvino e vários livros para crianças e jovens, como *O kresbe, čo ožila* de Daniel Pastirčak, *Trinásť* de Jana Bodnarová, *Hávedník* de Jiři Dvořak e é autora do livro *Liek pre Vĺčika* ("Remédio para lobo"). Com suas ilustrações do livro *Na corrida* ganhou um prêmio no concurso dos livros mais belos da Eslovaquia e o prêmio Zlaté Jablko BIB.

Dados Internacionais de Catalogação na Publicação (CIP)

V122
VADAS, Marek

Na corrida | Marek Vadas; ilustrações Daniela Olejníkóva tradução do eslovaco Regina Guerra — 1. ed. — Rio de Janeiro, RJ : Ímã editorial, 2024.
48 p. : il. color. (Selo MIMA)

Título original : Úztek

ISBN 978-65-980648-2-2

1. Literatura Eslovaca. 2. Refugiados — África I. Olejníkóva, Daniela. II Título

CDU 891.87(6)
CDD 891.97

Pedro Augusto Brizon de Jesus - Bibliotecário - CRB-7/6866

Texto   © Marek Vadas
Ilustrações   © Daniela Olejníkóva
Publicado originalmente por BRAK, Eslováquia
Título original   Útek
Tradução do eslovaco   Regina Guerra

Ímã Editorial | Editora Meia Azul
www.imaeditorial.com.br